무등산

박선욱 시인은 1959년 전남 나주에서 태어나 1982년 『실천문학』지에 시 「누이야」 외 3편이 당선되어 등단했다. 시집 『그때 이후』 『다시 불러보는 벗들』 『세상의 출구』 『회색빛 베어지다』 『눈물의 깊이』 『풍찬노숙』이 있고, 창작동화집 『모나리자 누나와 하모니카』, 어린이 인물 이야기 『이티 할아버지 채규철』, 『윤이상: 끝없는 음악의 길』 『황병기: 천년의 숨결을 가야금에 담다』 『박선욱 선생님이 들려주는 김득신』 『박선욱 선생님이 들려주는 백동수』 『박선욱 선생님이 들려주는 백석』 등이 있으며, 청소년소설 『고주몽: 고구려를 세우다』, 장편소설 『조선의 별빛: 젊은 날의 홍대용』이 있다. 역사 인물서 『나는 윤이상이다』 『나는 강감찬이다』 『나는 왕건이다』 등을 펴냈다. 본격 평전 『윤이상 평전: 거장의 귀환』으로 제3회 롯데출판 문화대상 본상을 수상했다.

무등산

펴낸날 | 2025년 12월 15일

지은이 | 박선욱
편집 | 이승희
디자인 | jipeong
마케팅 | 홍석근

펴낸곳 | 도서출판 평사리 Common Life Books
출판신고 | 제313-2004-172 (2004년 7월 1일)
주 소 | 경기도 고양시 덕양구 중앙로588번길 16-16. 7층
전 화 | 02-706-1970 팩 스 | 02-706-1971
전자우편 | commonlifebooks@gmail.com

ISBN 979-11-6023-359-9 (03810)

* 서울특별시 서울문화재단 2023년 장애예술인 창작활성화 지원 선정 프로젝트.

무등산

박선욱 시집

평사리

시인의 말

언어도단의 시대가 도둑처럼 왔다.
말문이 막히고 숨마저 막히는데
온갖 헛소리가 하늘을 찔렀다.
지난겨울 모두 형형색색 응원봉 흔들며
빛의 혁명으로 악귀를 물리쳤지만
천공을 찢는 더러운 소음은 여전하다.
아침마다 귀를 씻으며 눈을 맑히고
깨끗하고 고운 황토흙을 깔아야겠다.
이 길을 걸어가야 할 새로운 사람들을 위해
빗자루로 정성껏 쓸고 닦으며
무지개가 뜰 내일을 준비해야겠다.

2025년 겨울, 대덕산 자락에서
박선욱

차례

3부_____ **손돌목**

4부____ 동토에서 피어난 봄의 노래

1부

호접란

관음도(管音島)

사람 대신 깍새만 사는 섬
후박나무 군락 아름드리 동백
붉은 꽃들 지천인 섬
짙은 안개 낄 때마다
높은 파도 치솟을 때마다
조심하라고 깨어 있으라고
퉁소 소리를 내는
그 섬
통통배를 타고
고기잡이 떠나는 뱃사람들
집으로 돌아갈 때까지
너그러이 품어주는 섬
벼랑에 뚫린 크고 둥근
두 개의 울림통
관음쌍굴에서
낮고 묵직하게 퍼져 나오는
신묘한 음(音)들
잔잔한 수면에서부터
밤하늘의 별빛에 이르기까지

지치지도 않고 하냥

웅숭깊은 노래 들려주는 섬

꿀잠

16년 만에 이사를 했다
종일토록 짐을 부린 뒤
온 가족이 묵묵히 쓸고 닦았다
손때 묻은 부엌살림과 가재도구들
가득 쌓인 책들과 옷가지들
제자리에 놓기 위해 부산을 떨었다
자정쯤 잠자리에 든 아내는
다음날 늦게서야 일어났다
오랜 불면증 벗어난 날
맑디맑은 얼굴, 다행이었다
미처 정리 못한 시름일랑
한쪽 구석으로 밀쳐두고
하늘, 땅, 사랑하는 사람들에게
조용히 감사의 인사를 드렸다
우리 식구 순하게 받아준 터전이여
뒷등 넉넉히 감싸 안아준 대덕산이여
유장하게 넘실넘실 흐르는 한강이여
고맙다고 정말정말 고맙다고
온 마음으로 큰절을 올렸다

눈총

마트에서 장을 보고
주차장 내려가는 길
약속 시간에 늦을까 봐
주춤주춤 끼어드는
그 순간
새치기 말라는 듯
범퍼를 재빨리 들이밀며
노려보는 서릿발 같은
눈총
불에 덴 듯 오래도록
아프고 뜨거웠다

목련

아침나절
햇귀 머금은 모습
어찌 그리 고운가
어느 하룻날 일제히 피어나
가지마다 흰빛 힘차게 뿌리며
밤 되어도 홀로 빛나는가
네 발 앞에 서면 하늘 여울져
소담한 꽃망울 속 우주의 시간
저만치서 황홀히 흐르는가
가슴에 고귀함 품고
눈부시게 날아오르는
나무에 핀 연꽃

봄, 행주산성 위에서

진달래는 지려 하고
철쭉꽃은 피려 하네
하늘하늘 벚꽃 잎은
꽃비 되어 춤을 추네
덕양산 마루턱 올라
행주강 윤슬 바라보다
신선인 듯 도인인 듯
세상사 잠시 내려놓고
봄볕 데불고 걸어볼까나
건듯건듯 노닐어 볼까나
방화대교에 노을 번질 때면
아무런 걱정 근심 없이
꽃향기에 흠뻑 취해 볼까나

봄비 소리

울진에 산불 나던 날
바람을 만나
너울너울 사납게 치솟던 불
급기야 금강송 군락지 턱밑까지
삼키던 불
애간장 태우며 흐르던
컴컴한 시간 속
자정 무렵부터 내린 비에
가까스로 산불 잦아들었다
깊은 밤 온 산천을 적시는 비
육백년 지켜온 대왕소나무
불그레한 아름드리 미인송 위
두루두루 안부를 묻듯이
수직으로 낙하하는 봄비 소리가
세상 하나를 지켜내고 있었다

빛

어둠이 바닥처럼 깊고
물너울 넘실거릴 때
손 놓고 있을 일이냐
넋 놓고 있을 일이냐

나는 빛을 갈망한다

벽이 막아선다 해도
가시밭 진창길에
갇혀 있을지라도
빛 한 줄기만 있다면
오히려 힘을 얻는다

생을 틔우는 온기
그 속에 있으니
가다가 쓰러질지라도
빛을 향해 언제든
온몸을 내던지리라

산수유

지난 늦가을부터
매달려 있던 붉은 열매
우수 지나 봄기운 퍼지도록
가지마다 조롱조롱
꽃샘바람에도 끄떡 않더니
비 그치자 기지개 켜듯
산수유꽃 피어나더군
눈에 띄게 엇갈리는 계절
그러려니 하고 지나치는데
햇살 주렴처럼 드리울 때
붉고 샛노란 빛의 파장 속
둘은 그저 오랜 벗처럼
서로를 바라보고 웃더군

울릉도 해국(海菊)

담벼락 붙잡고 줄지어 핀
연분홍 연보랏빛 물결들
바위 틈서리 뿌리내린 뒤
모진 바람 거센 파도에도
꺾이지 않는 꽃들
화산섬 한 귀퉁이
잎사귀 흔들릴수록
수백 수천의 푸른 빛
쏘아 올리는 몸짓들
해풍 몰아칠 때마다
여린 꽃잎들 손 맞잡으며
깎아지른 해안 절벽 사이
상처뿐인 몸 일으켜 세워
해와 달이 뜨고 질 때마다
출렁이는 쪽빛 바다를
고요히 응시하는
울릉도 해국

행남해안산책로

울릉도 도동항
해안선 따라가면
높은 산 깊은 물
바다 갈매기 울음소리까지
여러 빛깔로 인화되는
지점이 있다
주상절리 오묘한 바위
파도에 깎인 물결무늬 너머
해식동굴 커다란 입구로
초록 물줄기 넘나드는 곳
바닷가 낮게 엎드린 바위
한가운데 서면
아스라이 펼쳐진
거대한 청록빛 평원
그 사이에서
끝없이 부서지는 것은
파도인가 나인가
먼지 같은 세상인가

호접란

복숭앗빛 다섯 화판
세 갈래로 뻗은 붉은 수술에
날렵한 잎사귀
그 위로 황금빛 햇살 쏟아지니
눈부시구나

별 모양 꽃망울
나비 같은 날갯짓에
앙증맞은 꽃입술
그 위로 여린 향내 흩뿌리니
신비롭구나

2부

작은 새

2016년 촛불의 노래

2016년 가을, 광화문 광장에
작은 촛불들이 모이기 시작했다
권좌에 앉은 자들이 짓밟고 빼앗은
본래의 푸른 꿈과 미래를 되찾기 위해
저마다 손에 촛불 하나씩 들고 모였다

누군가 촛불은 바람 불면 꺼진다고
아예 싹을 잘라야 한다고 말했다
그것은 악마의 속삭임
촛불들은 거짓말에 속지 않았다

겨울 한파에도 촛불은 꺼지지 않고
청계광장으로 광화문 이순신 동상 앞으로
기운차게 흐르고 또 흘렀다 너울너울
뜨거운 빛무리를 이루는 촛불의 강
그것은 민주 시민들의 위대한 행진이었다

기다림의 미학

신새벽 길 떠나 저물녘까지
낮이 밤으로 밤이 낮으로
날과 달이 더디게 흐르던 날들
천수만 습지 위 날아오르는
노랑부리저어새 장다리물떼새
하늘 뒤덮는 거대한 군무
오랜 기다림 끝 첫사랑을 만난 듯
설레던 찰나 파인더 가득 끌어당기며
등줄기 뻐근하던 꿈에서라도 보고 싶던
더디 온다고 한탄하던 바로 그 순간
달과 별 사이 새가 울고 꽃잎 흐드러졌다

독도 촛대바위

독도에 입도(入島)한 날
바위에 새겨진 대한령(大韓領) 세 글자
그 옆 거대한 초 한 자루
이 땅 백성들의 평화와 안녕을 기원하며
억겁의 세월 한결같이 서 있는 촛대바위
파도와 맞서 깎이고 패여도
아침이면 찬란한 해돋이로
저물녘이면 황홀한 해넘이로
불 밝혀온 장군바위 한반도의 늠름한 기상
여기 서 있노라고 바다 위 쩌렁쩌렁 울리는
장엄한 포효 소리 잠시도 멈추지 않는
긴 창처럼 우뚝 솟은 독도 촛대바위

몽마르트르 언덕

부슬비 오는 이른 아침 경사진 길
히피 소녀가 만돌린을 켜는
살바도르 달리 미술관 옆
샤크레쾨르 대성당 가는
옛 순교자들의 피로 얼룩진 길
파리 코뮌의 함성 터져 나왔던 곳
예술가들의 고뇌가 한데 뒤섞인 몽마르트르
가파른 언덕을 향해 발걸음 옮길 무렵
갑자기 하늘 희끄무레해지더니 돌풍이 불었다
널따란 공터에서 관광객들의 초상화를 그리던
거리의 화가들, 이젤과 화폭 한꺼번에 넘어지자
두 손 치켜들며 탄식할 때
갈퀴바람에 행인들 빠르게 종종걸음을 쳤다
그곳에서는 무언가 가늠할 수 없는
뜨거운 맥놀이가 진행 중이었다

무등산

바람 불면 바람을 타고
눈비 오면 눈비를 품고
빛고을에 터를 둔
눈빛 순한 이들 바라보며
넓은 가슴 두 팔 벌려
늘 힘 있게 껴안는 산

담양 화순에서 영산강
섬진강 유역까지 고루고루
숨결 불어 넣으며
밤새 물레를 돌리다가도
우리들의 가난한 꿈결 위
찬 새벽 푸른빛 퍼 올려주는
무등등 무등등등
우리들의 어머니의 어머니의
어머니들의 산

어둠 속 한가운데 우뚝 서 있다가
아침이면 햇살 머리 이고 눈부시게

떠오르는 산

길 잃어 캄캄하다 해도

사랑 잃어 고독하다 해도

슬퍼하지 마라

등 다독여주는 산

미얀마, 아! 미얀마!

봄볕 찬란한 3월

가지마다 연둣빛 움 돋아날 즈음

벵골만(灣)을 끼고 있는 남쪽 나라

미얀마 양곤

총탄에 쓰러져 간

열아홉 소녀의 장밋빛 꿈

아버지 품에 안겨 종말을 맞이한

다섯 살 아이의 맑은 눈망울

벵골만 넘실거리는 파도를 타고

들려오는 거대한 피울음

누가

저 비극을 멈추어다오

삼일절날 아침에

돌아보건대
기미년 3월 1일 흰옷 입은 백성들은
조국 광복을 바라는 단 하나의 염원으로
자기의 운명을 스스로 결정해 나가겠다는
강하고 담대한 원칙 가슴에 품었다
어떤 나라도 우리를 간섭할 수 없고
티끌 하나도 건드릴 수 없음을 선포하며
민족자존의 깃발 나부끼며
들불처럼 해일처럼 온 산하를 휩쓸었다

돌아보건대
기미년 3월 1일 흰옷 입은 사람들은
전차가 지나가는 네거리에서 시골 장터에서
일경이 휘두르는 총검에 쓰러지면서도
모두 하나 되어 앞으로 앞으로 나아갔다
가슴속 붉은 심장 높이 들어 올린 그날
우리 대한의 백성들은
마침내 반만년 홍익인간의 푯대가 되었다

서가(書架)에서

맥없는 날들이 흐르던
어느 하루 시립도서관에 들러
평소 좋아하는 책을 펼쳤다
책장 천천히 넘기던 순간
문장과 문장 사이에서
미세한 음성이 들렸다

삶이 고단해도 무너지지 말고
앞을 향해 뚜벅뚜벅 걸어가렴

행간과 행간의 겹을 뚫고
울려 나오는 다정한 말들
곰곰 되새기며 일어섰다
책 반납하고 도서관을 나와
어둑한 골목길 접어들다가
돌부리에 걸려 비틀거릴 때
누군가 어깨를 잡아 주었다
서가에서부터 천천히 따라온
깊은 음성, 여리지만 다정한

말과 더불어 내민 손길

든든한 벗이 생긴 날이었다

임종간호

코로나가 한창일 때 이야기
요양병원 할머니가 위독해졌다
할아버지는 늙은 아내에게
물을 먹여주고 저린 손발
날마다 주물러 주었다
어느 날 면회가 금지되어
발만 동동 구를 즈음
요양병원 간호사 스스로
오작교를 자처했다
할머니 숨결이 가빠지자
간호사는 할아버지를 승용차에 태워
요양병원으로 모셔다 주었다
그 덕분에
할아버지는 유리창 바깥에 서서
아내의 마지막을 지켰다
임종간호를 몸소 실행한
간호사의 이름은 김봉선
팬데믹 시대의 천사였다

작은 새

윤이상 추모 음악회가 열린 날
독일에서 내한한
바이올리니스트 다니엘라 융
윤이상 작곡 '작은 새'를 연주할 즈음
난데없이 날아든 한 무리의 참새 떼들
조계사 대웅전 천장 한바탕 휘돌아
티 없이 깨끗한 소리 흩뿌리고는
바깥마당으로 바람처럼 쏠려 나갈 때
향촉불 한 차례 휘르락 휘르락
법당 안 공기 사르락 사르락
슬픔과 억압이 있는 곳에서
평화와 자유
음악으로 표현하고 싶다던
경계인의 소망
새들의 협연으로 화음 겹겹이 쌓이던
그해 겨울 저물녘의 한때

계엄령

2024년 12월 3일 늦은 저녁 시간
검사 출신 주정뱅이 군 통수권자가
위헌 위법한 비상계엄을 선포했다
12.12 내란 이후 45년 만에
관 속에서 되살아나온 비상계엄령
아닌 밤중에 홍두깨였다 저주였다
경찰들은 벌써 국회 문을 막아서는데
국회의장의 소집령을 받은 의원들
국회 담을 넘어 들어가는 진풍경 속
시민들이 재빠르게 국회로 모여들었다
모든 상황이 급박하게 돌아갈 무렵
국회 마당에 헬리콥터 부대가 착륙하고
실탄을 소지한 수백 명의 무장 계엄군들이
야간 투시경 차림으로 국회에 난입했다
그 시각 가까스로 본청에 모인 의원들
자정 넘겨 12월 4일 새벽 1시 2분경
재적 의원 190명 전원 찬성으로
비상계엄 해제 요구 결의안을 가결시켰다
자칫 우리의 일상이 형편없이 부서질 뻔한

반헌법적인 계엄 선포를 무산시킨 것은
그날 국회에서 한 덩어리로 뭉쳤던 시민들과 의원들
무장한 계엄군을 온몸으로 막은 보좌진과 당직자들
상관의 부당한 명령에 소극적으로 대응한 군인들
도시와 지방 각지에서 TV 생중계를 지켜보며
맘 졸이며 지지하고 응원했던 평범한 민초들
이 나라 산천초목 모두의
실로 고귀하고 아름다운 연대의 힘이었다
그날 나는 들었다
우금치에서 부르짖던 동학군의 피 맺힌 함성을
눈보라 치던 청산리 봉오동에 울려 퍼진 독립군가를
금남로와 충장로에서 뜨겁게 부르던 5월의 노래를
처처에서 마디마디 살아 돌아와 고단하고 지친 어깨
감싸 안으며 물러서지 말고 끝까지 싸우라고
떨리는 가슴으로 부르던 장엄하고 우렁찬 절규를
시대착오적인 계엄령 나부랭이 악마들의 계교
모두 하나 되어 찢어 버린 그날
내 두 귀와 심장을 마구 흔들던 거대한 울림을

조지아 참사

9월 어느 날
미국 조지아주 브라이언 카운티
앨러벨에 위치한 공장지대 위로
요란한 프로펠러 소리와 함께 헬기가 떴다
굉음을 울리며 질주하는 장갑차
총을 든 중무장 병력이 들이닥쳤다
미국의 거듭된 투자 요구에 의해
현대자동차와 LG에너지솔루션이 합작으로 짓는
거대한 규모의 배터리 생산 시설
작업 공기를 단축하기 위해 서두르던
현장의 모든 것들이 돌연 멈춰 섰다
공장 안으로 난입한 무장 병력이 소리쳤다
모두 밖으로 나가라! 나가서 일렬로 늘어서라!
한창 분주하게 일하던 노동자들이 영문도 모르고
밖으로 끌려 나왔다 소지품을 빼앗긴 그들은
배터리 공장 설비를 구축하기 위해 한국에서 온
숙련된 기술 전문 인력과 엔지니어들
무장 병력은 우리 노동자들을 버스 담벼락에 세우고
조롱하며 거칠게 몸수색을 한 뒤 수갑을 채웠다

폭염이 기승을 부리던 그날
달구어진 수갑에 화상을 입어도 아랑곳하지 않고
굴비 엮듯이 족쇄를 채운 상태로 끌고 갔다
그중에는 아이를 가진 임신부도 있었다
한꺼번에 칠십 명씩 팔십 명씩 짐짝처럼
남동부 폭스턴의 구금 시설에 감금되었다
장구벌레가 둥둥 뜬 물과 악취 나는 음식
당신은 합법 비자를 소지했는데 왜 잡혀 왔느냐고
미국 조사원이 오히려 되묻는 어처구니없는 상황
인간의 존엄성과 인권이 짓밟힌 지옥 그 자체
공장을 지은 뒤에는 모두 떠날 거라고 설명했지만
설비를 갖춘 공장에는 곧 미국 노동자들이 들어와
아메리카의 고용 지표를 올려 줄 거라고 말했지만
너희들은 우리 백인들 일자리를 뺏는 주범이야!
냉소하며 적의를 드러내는 이민단속국 요원들
'미국을 다시 위대하게'라는 표어를 내걸고
미국 우선주의 백인 우월주의를 목청껏 외치는
트럼프의 눈에 들기 위한 충성 경쟁의 서막
미 국토부와 이민세관단속국(ICE)의 쌍끌이 작전
하루 3천 명 이민자 체포 목표를 억지로 채우려는
군사작전처럼 진행된 대대적인 유색인종 색출 작전
한꺼번에 3백여 명의 무고한 한국인이 체포된 날

쇠사슬과 케이블 타이에 묶여 중범죄자처럼 끌려
　간 날
미합중국의 자유와 정의와 평화가 무색해진 날
대한민국의 자존과 개인의 인권이 철저히 짓밟힌 날
긴급 속보를 지켜보는 내내
가슴 밑바닥에서부터 자꾸만
뜨거운 것이 울컥울컥 치밀어 올랐다

3부

손돌목

곤을동 비나리

이발사로 늙어온 그는
예닐곱 살 때의 일이 잊히질 않았다
고향 땅 화북리 곤을동(坤乙洞)
사시사철 맑은 물 넘치는 곳
어느 날
그곳에 국방경비대 소속 군인들이 몰려와
어망 아방 할망 할아방 동네 삼춘들 모두
굴비 두름 엮듯이 바당으로 끌고 가
연디밑에서 모조리 죽창으로 찔러 죽인 그날
피에 굶주린 그들이 안곤을과 가운데곤을
밧곤을 마을 모두를 불태워 버린
지옥보다 못한 그날의 일이 내내 잊히질 않았다

육십갑자 흐른 뒤에도 너무나 선명한 그날의 일들
어찌 떨쳐 냈을꼬 아득하고 아득하여라
고개 내혼들고 머리털 쥐어뜯을 때마다
귀에 선명한 고향 어른들 목소리 들려왔다
두려워 떠는 어깨를 가만가만 다독이는 듯
동백꽃 필 무렵이면 허공 어디선가 들려오던

한숨처럼 주문처럼 뱉어내던 그 목소리
살암시민 살아진다 살암시민 살아진다

그 소리 덕에 남몰래 피울음 삼키면서도
서툰 가위질로 긴 세월 견뎌왔다
그 힘으로 날마다 비나리로 세월 견디며
질기디질긴 진창길 묵묵히 걸어왔다
앞날 구만리 같은 자식들 등 뒤에서
남몰래 혼잣말 수없이 궁글리며
찰박찰박 맑은 물 흐르는 데서 살아가라고
두 손 모아 비나리로 새날을 퍼올려 왔다

느티나무 아래에서

성호 이익 문하에서 민초들
살림살이 돕는 글 매만지다가 《동사강목》
저술에 필묵 갈아 넣던 순암 안정복

단군부터 고려에 이르기까지
고구려 백제 신라로 뼈대를 세워
우리 역사 서술에 한 획을 그었지
남북국 발해를 뺀 것은 아쉽지만
자주적 역사관 꿋꿋이 밀고 나간
결기만큼은 유난히 빛을 발했지

벼슬에서 물러나 자리 잡은 텃골
제자와 더불어 경세론 논하던 이택재(麗澤齋)
느티나무 아래 깊은 생각 되짚어 갈무리하던
늙은 선비 안정복

경세치용 실사구시 입속으로
주문처럼 외우고 또 외우다가
학문의 경계 넓히고 다지다가

서서히 흐르는 시간의 여울 속
마침내 후학들의 사표가 되었지

마지막 숨결

이른바 뉴라이트라는 썩어빠진 자들
뼛속까지 친일사관에 물든 작자들이
바퀴벌레처럼 숨어 있다가 권력을 잡더니
육사 교정에 세워진 독립운동가 흉상들을
터무니없는 이유를 내세워 제거하려 한다

김좌진 장군 지청천 장군 이범석 장군
신흥무관학교를 세운 이회영 선생
봉오동 전투를 승리로 이끈 홍범도 장군

자신의 목숨을 풀과 티끌처럼 여기며
이역만리에서 풍찬노숙하던 영웅들을 감히
손가락질하며 함부로 훼손하려 한다
선열들은 오늘 준엄하게 꾸짖어 말할 것이다

철 지난 색깔론을 들먹이는 매국노들아
나라를 되찾으러 싸우다 죽었으니 후회는 없다
비록 백년 세월이 흐르고 흘렀다고 해도
우리의 뜻은 변치 않고 녹슬지도 않았도다

난데없이 어깃장을 놓는 어리석은 자들아
우리들의 간난신고를 욕되게 하지 말지어다
조국 해방의 그날을 위해 몸 바쳐 죽어간
우리들의 마지막 숨결을 더럽히지 말지어다

망백의 일초선사

일찍이 입산한 그는
깊은 고찰 풍경 소리의 일부였거늘
홀연 장삼 벗어 던지고 저잣거리에 나온 뒤
허무의 끝에 서서 술독에 빠져 살다가
문의마을에 이르러 생의 온기를 느꼈다네
때는 바야흐로 숨 쉴 공간조차 옥죄던 시절
푸르른 창공을 열어젖히는
무수한 몸짓들 속으로 뛰어든 그는
이 땅의 등뼈 부여잡느라 바람 잘 날 없었지
진 날 마른 날 온갖 시름 헤치며
천지간 아스라한 지점에 다다랐을 때
불현듯 어둠 속 허방을 짚고 외진 곳 휘돌다
문득 마주한 망백의 문턱에 서서
이 땅에 부려놓은 백만 어휘들과 더불어
머나먼 능선 너머로 걸어가고 있다네

무섬다리

영주시 문수면 수도리(水島里)
오래전 한 집에 하나씩
두꺼운 널빤지 가져와 내남없이
외줄 다리 짜 맞춘 무섬다리
울력다짐 우렁찬 기세로
일제강점기에 세워진 학당에서
올올한 민족혼 끌어모은 뒤
나라를 되찾기 위해
숱한 젊은이들 떨쳐 일어나
쿵쿵 밟으며 나아갔던
외나무다리 무섬다리

긴 세월 흐르고 흘러
물안개 서린 넓은 모래톱 위
소백산자락 의연하고
바람결에 매화향 그윽한데
달밤이면 내성천 물줄기 위로
문득 제 그림자를 비춰보는
문수면 수도리 무섬외나무다리

손돌목

몽골 살리타이 대군이 고려를 침입할 때
고종은 신하들과 더불어 피난 길에 올랐다
김포 대곶에서 물길 잘 아는 이를 찾았다
사공 손돌이 불려 나와 배를 부렸다
염하(鹽河)에 이르자 돌연 광풍이 불었다
사방 어둑한데 산더미처럼 몰려오는 풍랑
바닷속 암초 많아 뱃사람도 꺼리는 곳
사공 손돌은 물길 훤히 아는지라
초지와 여울 돌며 살살 배를 몰아갔다
육지 사람들 눈에는 캄캄한 안개 속
배는 좌로 막히고 우로 막힐 뿐
덜컥 불안과 의심에 사로잡힌 임금
네놈이 우리를 수장시킬 작정이구나!
노기 충천하여 사공의 목을 베라 명했다
손돌은 형을 받기 전 침착한 어조로
바가지를 바다 위에 띄우라고
그대로 따라가면 뱃길 트일 거라고
말한 뒤 칼날 아래 숨을 거두었다
주인 잃은 배가 파도에 휩쓸릴 즈음

지푸라기라도 잡아야 하는 신하들
물 위로 바가지를 던지고 뒤따라갔다
배는 신기하게도 여울과 초지 위를 돌아
소용돌이 물너울 사이 요리조리 떠가다가
마침내 강화도에 도착했다 사람들 모두
배에서 내리자 바람 세차게 불어왔다
임금은 그제야 하늘 우러러 탄식하며
내가 어리석어 충직한 그대를 베었구나
손돌의 묘를 쓰고 사당을 지어 위로하라
명을 내렸다 그 뒤 강화 대곶 앞바다
물길 드세게 일렁이는 곳을 손돌목이라
매운바람 불 때면 손돌바람이라 불렀다
나루터 오가는 윗마을 아랫마을 행인들
뭇 목숨 살리려 뱃길 활짝 열어 준 이
사공 손돌의 의연함 그의 억울함
손 모아 기리며 붙인 새 이름이었다

어떤 축제

미얀마에서는
자고 일어나면 시나브로 꽃이 집니다
이른 봄에 떨어진 수십 송이 꽃들
그 꽃들 보기도 아득한데
한 달쯤 지난 지금 벌써 칠백 송이나 떨어져
머나먼 곳에서 애만 태웁니다
그런데 오늘은 꽃들을 무참히 짓밟은 자들이
서로에게 물을 뿌리며 환호하는 가운데
온통 축제를 즐기고 있다는 소식에
가슴이 미어집니다 이 모양을 팔짱 끼고
멀거니 쳐다보는 이웃나라들 눈초리엔
대체 무엇이 보이는 걸까요 그곳에서는 지금
캄캄한 밤에도 벌건 대낮에도
악마의 제단에 바쳐질 가녀린 꽃송이들이
강풍에 휩쓸리는 가랑잎처럼 무더기로
측정하지 못할 속도로 자꾸만 떨어집니다

여수댁

어머니는 여수댁이었다
해방 이후 제주에서 터진
난리가 여수로 번졌다
시내에 포탄이 떨어지고
온통 불바다가 될 때
네 살짜리 아들 손 잡고
두 살배기 딸 들쳐 업은
스물여섯 살 여수댁의 가슴은
얼마나 벌렁거렸을까
그 일을 기억하시느냐고
어쩌다 물으면 어머니는
먼 산 보듯 말했다

장터는 잿더미였당께
시체들 나래비 늘어놓아서
썩은 냄시 펄펄 나는디 워매
신작로 댕길 때는 징해부렀제
살 떨려서 으뜨게 댕겼능가 몰라

고비마다 생존자로 살다
95세로 영면하신 여수댁
지금쯤 어느 길목에서
하마 평안을 얻으셨을까

오리장림

경북 영천시 화북면 자천리
해묵은 굴참나무 은행나무 군락
숲이 길어 오리장림(五里長林)
1946년 10월 어느 날
이곳에서 느닷없는 총성이 울렸다
헐벗고 굶주려 죽을 만치 고생하다
쌀을 달라고 시위하던 대구 사람들
졸지에 대규모로 화를 입었다
미군정 치하 재임용된 친일 경찰들에게
마구 구타당하고 짓밟히며 화북면까지
쫓겨 울창한 숲속으로 뛰어든 사람들
숨소리마저 샐까 입을 틀어막던
그날 귀신같이 들이닥친 경찰들에게
무참하게 학살당한 선량한 사람들
오리에 걸쳐 길게 이어진 자천숲
통곡 소리 비명소리 잦아들어
대낮에도 등골 서늘해지는 곳
오랜 세월 흐른 뒤에도
이름만은 그대로인 오리장림

의병 정신

예로부터 이 땅에서는
어지러운 시국이 될 때마다
의인들 홀연히 나타나
횃불 높다랗게 치켜들곤 했다

조국 강토를 지킨
면면히 이어온 의병의 역사였다

숱한 사람들 깃발 들고 한데 모여
파도처럼 해일처럼 나아가다가 비록
쓰러질지언정 결코 뒤로 물러서지 않았다
간신 난적들에게 시달리면서도
오랑캐 왜구에게 침탈당하면서도
올곧은 넋 이 땅 골골마다
꿋꿋하게 맥동 쳐 왔다

이름 없는 민초들 오롯이 떨쳐 일어난
어질고 순하면서도 헌걸찬 혼의 역사였다

드높은 의병 정신으로 살아
청죽처럼 시퍼렇게 살아
세세토록 한민족의 혈관에
도도히 흐르고 흘러 오늘에 이른
선열들, 피와 땀방울의 역사였다

이태원 비가(悲歌)

가을이 깊어가던 어느 날 밤
핼러윈 축제는 젊은이들 천지였다
거대한 사람의 파도가 출렁이며
점점 호리병 좁은 길로 몰려갔지만
안전 요원은 보이지 않았고 사람들은
경사진 곳에서 옴짝달싹 못하더니
급기야 백수십 명이 목숨을 잃었다

인구 천만의 대도시 서울 한복판
이태원 해밀튼 호텔 골목에서 어찌
이런 가슴 아픈 참극이 일어날 수 있나
도대체 경찰들은 그 시각 무얼 했나
밀려오는 사람들 통제하는 대신
용산 대통령실을 지키고만 있었나
도대체 용산구청 공무원들은 무얼 했나
좌측 우측 통행 철저히 관리하는 대신
해 저물도록 현수막 제거에만 매달렸나

고위 공직자들의 엄중한 지시로

경찰과 공무원들의 발이 묶인 사이
아까운 생명들 피기도 전에 졌지만
고위직들은 약속이나 한 듯 침묵했다
책임을 지고 물러난 고위 공직자는
단 한 명도 없었다 오히려 그들은
축제를 즐긴 젊은이들 탓만 했다
슬픔이 밀물처럼 차오르는 날
그날 국가는 없었다

조용한 축복

지난겨울 이사하면서 미처 돌보지 못한
화분 몇 개
시들고 마른 검불 죄다 뽑은 상태로
언제든 밖에 내놓으려 벼르다가
그만 계절이 바뀌고 말았다

어느 날 그 화분들 속에서
무언가가 꿈틀거리기 시작했다
키 낮은 고동색 화분에서 스킨답서스
초록 이파리 하나 조심스레 내밀었다
그 옆 커다란 회색 화분에서도 파키라
연둣빛 움을 틔운 뒤
하나둘씩 다투어 잎이 돋아나더니
나란히 놓인 화분들 모두
초록과 연두의 물결로 일렁였다

초여름으로 접어든 오늘
물 주러 다가가는데 스킨답서스
이파리 끝마다 맑은 방울들 맺혀 있었다

아침 햇살에 반짝이는 이슬인가
옛 친구와 다시 만난 기쁨의 눈물인가
영롱한 동그라미마다 빛나는 노래들
알알이 영글고 있는 게 보였다
마룻바닥에 떨어진 방울 닦아내자
생명의 감촉
손바닥에 은은히 스며들어 왔다

환대

한밤중 창가에서 느닷없이
손뼉 치는 소리가 났다
연속해서 빠르게 들리는 그 소리의
주인공은 의젓한 군자란이었다
발코니 열린 창문으로 들이친 바람에
잎사귀들 세차게 부딪히는 소리였다
달력을 보니 백로 오기 이틀 전
아하 그렇구나
누리의 열기 식힐 흰 이슬날
기쁘게 맞아주는 소리
박수갈채로 마중하는
바로 그 소리였구나

4부

동토에서 피어난 봄의 노래

1_ 종말

모든 일에는 원인과 결과가 있다
쿠데타로 집권한 박정희가
총통이 되고자 온갖 술수를 부릴 때
재야의 민주 인사들과 학생들은
국가보안법의 형틀에 갇혔다
어두운 밀실에서 고문을 당했고
억울한 죄를 뒤집어쓰고 사형을 당했다
야산에서 쥐도 새도 모르게 죽임을 당하거나
하루아침에 어마어마한 간첩으로 몰렸다
독재정권 치하에서 억장 무너지는 일들이
바닷가 모래알처럼 셀 수도 없이 많았다
저임금 장시간 노동으로 달달 볶아대고
언론 집회 결사의 자유를 말살한 결과
곪았던 것들이 일시에 터져 나왔다
동일방직 사건 YH무역여공 사건과 같은
인권 유린 노동 탄압의 극악한 상황이
햇살 아래 만천하에 공개되기 시작했다
노동 현장뿐 아니라 대학가와 재야에서도
억눌린 목소리들 곳곳마다 분출되었다

급기야 부산대에서 시작된 반독재 시위가
마산 창원으로 이어져 도도한 강물로 흐르자
박정희는 비상계엄령과 위수령을 선포하고
부산에 투입한 3공수 여단으로 시위대를 진압했다
삽교천 방조제 준공식에 참석 후
궁정동 만찬장에서 연회를 즐기던 박정희에게
경호실장 차지철은 참으로 섬뜩한 발언을 했다
"각하! 정권에 반대하는 놈들은
이참에 싹 쓸어버리는 게 어떻습니까?"
"좋아!"
박정희가 고개를 끄덕였다 선 넘는 발언에
"각하! 이 버러지 같은 놈을 데리고 정치를 하니
올바로 되겠습니까?"
그때 중앙정보부장 김재규가 추상같이 일갈하며
권총으로 차지철과 박정희를 사살했다
1979년 10월 26일 밤
강고했던 유신정권이 무너졌다

2_ 모의

청와대의 주인이 공석이던 그해 겨울
한쪽에선 음험한 모의가 진행되고 있었다
전두환 노태우 정호용 김복동 등
육사 11기생들이 조직한 파벌 집단
하나회 멤버들은 빈번하게 모이며
정권 탈취를 위한 책동을 시작했다
군 내부의 비상한 움직임을 감지한
정승화 참모총장, 정치군인들을 솎아낼
숙군(肅軍) 계획을 단행하려 할 즈음
하나회 첩자가 이 사실을 알아채고
전두환에게 보고를 한 뒤 상황이 급변했다
12월 12일 하나회 수뇌들이 수경사로 집결했다
노태우는 전방 9사단 병력을 서울로 이동시켜
쿠데타를 위한 만반의 준비를 갖추었다
5천여 병력, 탱크와 전차가 동원된 가운데
서울 시내 중심부에서 심야의 총격전 끝에
반란군들이 정승화 참모총장을 전격 연행했다
전두환의 압력을 받은 최규하 대통령 권한대행은
참모총장 체포 동의안에 마지못해 서명했다

반란의 무리들이 육본과 국방부마저 점령하자
미군은 쿠데타를 적당히 묵인해 주었다
모든 것이 얼어붙고 침묵과 어둠에 휩싸였다
하극상을 범한 신군부 세력의 군사정변
내란에 의한 정권찬탈 음모가 형체를 갖춰 갔다

3_ 거래

쿠데타의 주역들이 군의 요직을 차지한 뒤
글라이스틴 주한 미 대사가 전두환과 만났다
미국의 국익에 걸림돌만 되지 않는다면 오케이
북한의 동요만 없다면 모든 것이 만사 오케이
내란 수괴를 미국이 공식 인정한 모양새
면담을 끝낸 전두환은 어깨가 더 올라갔다
이제 신군부를 막을 자는 아무도 없었다
나치 독일의 괴벨스가 그러했던 것처럼
전두환을 정점으로 한 신군부가
맨 먼저 한 일은 언론 장악이었다
보안사 정보처 산하에 언론대책반을 꾸려
계엄사의 보도검열과 언론 통제를 시작했다
보도검열단의 검열에 협조하지 않은 기자는
대책반의 물고문과 몽둥이찜질을 당해야 했다
계엄사는 모든 면에서 무시무시한 저승사자였다
기자뿐 아니라 그 가족에게도 으름장을 놓았다
신군부가 새로운 권력자로 등장한 뒤부터
얼어붙은 정국이 풀리기를 바라던 이들에겐
봄은 여전히 오지 않아 불안과 의혹만 가득

여전히 눈과 귀에 족쇄가 채워진 암흑 세상
한 치 앞을 내다볼 수 없는 동토의 계절
의혹과 공포가 두억시니처럼 커져만 갔다

4_ 충정훈련

그 무렵 대학가에서는 개학을 앞두고
민주화에 대한 열망이 들끓고 있었다
재야와 노동계에서도 폭압의 장막 속
억눌린 목소리들 분출할 조짐이 보였다
전두환 신군부는 권력을 공고히 다지기 위해
육군본부의 주도 아래 충정훈련을 실시했다
10월 20일 부마항쟁 진압 때도 투입되었고
12.12 쿠데타에도 동원된 군벌의 강력한 도구
수경사 예하 사단과 서울 근교의 공수부대
미군 작전통제권이 미치지 못하는 특전부대
신군부는 무적의 특수부대에게 시시때때로
가상의 먹잇감 던져 물어뜯는 훈련을 시켰다
3월 초 신군부의 닦달과 다그침은 더 심해져
진압부대의 훈련 강도는 전에 없이 높아졌다
충정훈련이라 명명된 지옥 훈련을 받는 동안
모든 부대원들은 특수 제작된 진압봉을 들었다
물푸레나무로 만든 진압봉은 크고 단단했다
한번 휘두를 때마다 바람소리조차 뜯겨나갔다
실전처럼 용맹 살벌 잔인함으로 무장할 것!

초전 박살 작전으로 공포심을 갖게 할 것!
시위대를 끝까지 쫓아가서 잔인하게 구타할 것!
시위대가 재집결할 생각조차 못하게 할 것!
혹독한 훈련 속에서 각오를 다지면 다질수록
상상 속 시위대는 점점 증오의 대상이 되어 갔다

5_ 사북

4월 들어 사북의 동원탄좌 광부들이
노동 탄압에 항거하는 투쟁을 벌였다
신군부는 이때 11공수를 투입하고자
원주에 부대 배치를 완료했으나
사태가 진정되자 조용히 철수시켰다
하마터면 대규모 인명 살상극이 벌어질 뻔한
위기일발 뒤 다시금 느닷없는 재앙이 떨어졌다
5월 초순경 계엄사령부 합동수사단이
사북 읍내에 갑자기 들이닥치더니
광부를 포함한 주민 2백여 명을 끌고 갔다
수사단은 좁은 취조실에서 광부들을 구타했다
일제강점기 때의 악랄한 일본 경찰들처럼
허벅지에 각목을 넣고 발로 지근지근 밟았다
주전자로 고춧가루 물을 숨이 막히도록 부어댔다
광부 아내들에게도 똑같이 매질을 해댔다
심지어 온갖 해괴한 성고문까지 저질렀다
그것은 인간의 존엄성을 짓밟는 국가 폭력
미구에 벌어질 끔찍한 일을 예감케 하는
결코 일어나서는 안 될 추악한 만행이었다

6_ 서울의 봄

봄이 되니
얼어붙은 대지를 뚫고
생명의 움직임들이 분출되기 시작했다
감옥에서 풀려난 민주 인사들과
가택연금에서 해제된 야당 정치인들은
한목소리로 유신헌법 개정을 요구했다
5월 2일 민주화 대총회에 참석한
2만여 명의 서울대 학생들
스크럼을 짜고
"계엄 해제!" "신현확 전두환 퇴진!"
캠퍼스가 울리도록 함성 지르며
아크로폴리스 광장에서 4.19기념탑까지
민주화 대행진을 선포하며 시위에 나섰다
각 지역에서도 뜨거운 열기가
점차 고조되어 가던 5월 15일
서울역 광장에 구름떼처럼 운집한
20만여 명의 서울지역 대학생들
신군부의 진압군이 시내에 진주했지만
아랑곳하지 않으며 서로의 어깨를 걸며

"계엄 철폐하라!" "유신 잔재 척결하라!"
뜨거운 구호와 함께 가두시위를 벌였다
시위대와 진압군 사이에 긴장감이 감돌던
그날 밤
각 대학 회장단은 열띤 토론 후
시위 중단, 학교 복귀를 결정했다
이른바 서울역 회군
너무도 짧게 끝나 버린
서울의 봄이었다

7_ 횃불 대행진

서울과는 달리
광주는 5월 초부터 예열되고 있었다
민주화의 열망을 온몸으로 부르짖던 14일
전남대와 조선대 학생들은
"민주 회복!"
"계엄령을 즉각 해제하라!"
구호를 외치며
경찰 저지선을 뚫고 교문 밖으로 진출했다
민족민주화 대성회를 선포한 15일과 16일
교수들이 학생 시민 2만여 명과 어우러져
대형 태극기 앞세워 시내 곳곳을 돌면서
"비상계엄 해제하라!"
"유신 잔당 퇴진하라!"
목이 터져라 외치며 가두시위를 벌였다
광주 상황을 예의 주시하던 신군부는
15일 공수부대 이동을 준비하고 있었다
봄날 저녁
시민들과 어우러졌던 시위
어둠을 밝힌 횃불 대행진

장엄하고 도도한 물결은

도청 앞 민주화대성회의 정점

불같이 터져 나온 함성은 뜨거웠고

그 정경은 실로 평화롭기 그지없었다

8_ 또 다른 쿠데타

전두환 노태우 정호영 황영시 등
신군부 핵심 요원들의 각본에 따라
17일 자정 열두 시를 기해
비상계엄령이 전국으로 확대되었다

5.17 쿠데타가 벌어진 이날 밤
김대중 김영삼 등 야당 정치인들
문익환 목사와 함석헌 등 재야인사들
전남대 복적생 정동년을 비롯한
전국의 운동권 학생들이 어디론가 끌려갔다
밤사이에 일어난 대대적인 예비검속이었다

신군부는 탱크와 무장 병력으로 국회를 해산하고
전국의 주요 관공서와 모든 언론사를 장악했다
어수선한 정국 속 정권 찬탈을 마무리하려는
신군부의 교활한 책동이었다

그들의 목표는
민주화의 물결이 번지지 못하도록 막는 것

온 세상을 공포에 가둬 입을 다물게 하는 것
권력의 뿌리까지 통째로 장악하는 것
막는 자는 누구든 짓밟아 뭉개버리는 것

칠흑 같은 어둠에 잠겨 있던 그 밤
목표물을 찾은 검은 야욕의 눈길이
남도 쪽으로 뻗어가고 있었다

9_ 반란군들

5월 18일 새벽 2시 30분
제7 특전여단 33대대와 35대대가
전남대학교와 조선대학교에 각각 진주했다
전남대학교에 진주한 7공수 33대대는
불 켜진 학교 도서관에 득달같이 난입해
공부하던 학생들을 마구 구타한 뒤 끌고 갔다
도서관은 창졸간에 아수라장으로 변했다
날이 밝자 이 사실을 알 길 없는 학생들이
전남대 정문 앞으로 하나둘씩 모여들었다
오전 10시쯤 수백 명으로 불어난 학생들이
한데 모여 목이 터져라 구호를 외쳤다

"계엄령 해제하라!" "전두환은 물러가라!"
"계엄군은 물러가고 휴교령을 철폐하라!"

공수부대 지휘관의 "돌격!" 명령에
공수부대원들이 기계처럼 뛰쳐나가
다짜고짜 인마살상용 진압봉을 휘둘러댔다

머리를 맞은 학생들이 피를 쏟으며 쓰러졌다
곤봉으로 등짝을 맞고 군홧발로 정강이를 차였다
어깨 팔다리 옆구리 허벅지를 함부로 구타당하던
학생들이 여기저기서 비명을 지르며 쓰러졌다
공수부대원들은 널브러진 학생들을 질질 끌어갔다
군용 트럭에 짐짝 부리듯 던져 넣기를 반복했다
이 광경을 보다 못한 시민들이 말렸다 군인들은
말리는 시민들까지 가리지 않고 구타했다
유혈 낭자한 진압작전이 조선대에서도 벌어졌다
그들은 대한민국 군인이 아니라 반란군이었다

10_ 학살의 시작

학교 앞 군인들의 난동에 다들 경악했다
대학생들을 적군처럼 가혹하게 대하고
젊은 청년들을 쫓아가서 몽둥이찜질부터 하는
공수대원의 살기등등한 무력 진압 앞에서
시민들은 전율을 느꼈다 분노로 몸을 떨었다

저들이 과연 나라를 지키는 군대가 맞는가
저들이 과연 우리를 보호하는 군대가 맞는가
아니다 저들은 먼 행성에서 온 외계인
아니다 저들은 악마의 사주를 받고 온 용병들
아니다 저들은 피도 눈물도 없는 냉혈한들

모두들 몸서리를 쳤다 두려움 속 분노가 커졌다
학생들은 시내로 향했다 공수부대의 만행을
시민들에게 알려야 했다 광주역에 집결한 학생들은
잰걸음으로 달리며 너도나도 금남로로 향했다

몇 번의 공방전 끝에 경찰병력을 물리친 뒤
시위대의 숫자는 1천여 명으로 불어나 있었다

오후 4시경 시내에 도착한 공수부대가
시위대를 향해 돌진했다 그들은 상대가 누구건
목표로 삼으면 끝까지 쫓아가 진압봉을 휘둘렀다
버스에서 내린 승객도 예외는 없었다 무조건
군홧발로 짓밟고 총 개머리판으로 후려쳤다

공수대원들의 집단 구타에 부상자가 속출했다
착검한 M16 소총 개머리판에는 핏물과 함께
찢겨나간 살점이 묻어 있었다 거리 곳곳마다
시위대를 쫓아 들어간 사무실마다 가게마다
피투성이가 된 채 널브러진 사람들을
공수부대원들은 다리를 잡고 질질 끌고 갔다
광주는 공포의 도시로 바뀌고 말았다

11_ 새벽 세 시의 기록

날 때부터 말하지 못하는 김경철은
백운동 까치고개에 구둣방을 열었다
매일 아침이면 광주 시내에 나가
자신과 처지가 같은 농인(聾人) 두 친구랑
금남로와 충장로의 다방이나 식당에 들러
손님들의 구두를 닦아주느라 늘 바빴다
때로는 구두를 만들어 팔 만큼 솜씨도 좋았다
5월 18일은 첫딸의 백일
온 가족이 모여 축하하느라 흔연스러운 날
가슴이 몽글몽글하고 구름 위를 걷는 듯했다

그날 오후에도 김경철은 평소처럼 시내에 나갔다
여느 때와 다름없이 친구들이랑 구역을 나눠
손님들의 구두를 닦고자 가게를 들락거렸다
충장로 제일극장 골목 입구에 들어설 때였다
갑자기 들이닥친 서너 명의 공수대원들이
커다란 진압봉으로 머리를 내리쳤다
그는 비명조차 지르지 못한 채
피를 철철 흘리며 쓰러졌다

공포에 질린 두 친구는 골목으로 도망갔다가
맞은편 공수부대원들에게 덜미를 잡혔다
소총 개머리판으로 머리와 어깨를 두들겨 맞고
군홧발로 허리며 정강이며 대퇴부를 차이면서
손짓 발짓 눈짓으로 살려달라고 애원했지만
공수부대원들은 험한 욕설 퍼부으며 짓밟았다
피범벅이 된 두 친구를 장갑차에 던졌다가
말 못하는 사람임을 안 뒤에야 풀어주었다
적십자병원에서 통합병원으로 옮겨진 김경철은
이튿날인 19일 새벽 세 시 숨을 거두었다

스물다섯 살 김경철의 검시 조서에는
뒤통수 깨짐 왼쪽 눈알 터짐 오른쪽 팔과
왼쪽 어깨 부서짐 엉덩이와 허벅지 으깨짐
후두부 타박상에 의한 뇌출혈이 직접 사인임
휘갈겨 쓴 글씨로 적혀 있었다
지켜야 할 국민을 타도할 적으로 삼은
군부에 의한 명백한 국가폭력임을
묵묵히 증언하는 공식 기록이었다

12_ 최초의 총격

19일 새벽
11공수여단이 새롭게 증파되었다
광주는
신군부가 노리는 정벌의 땅이 되었다
오후 5시경 광주고등학교 앞
11공수여단 63대대가 운용하는
차륜형 장갑차 바퀴가 고장으로 멈춰 섰다

"계엄군 물러가라!"
분노한 시위대가 구호를 외쳤다
그때 계엄군 차정환 대위가
장갑차 뚜껑을 열고 나와
M16 소총을 난사했다
조대부고 3학년 김영찬 학생이
그 자리에서 고꾸라졌다
총알은 오른쪽 복부를 관통해
왼쪽 엉덩이를 뚫고 나갔다
길거리에는 피가 낭자했다
사람들은 급히 영찬을 병원으로 옮겼다

장 출혈이 심했다
찢어진 장을 2미터나 잘라내야 했다
스무 명 넘는 사람들이 줄을 서서
헌혈을 했다
다섯 번의 대수술 후에야 가까스로
영찬의 입술에 숨결이 돌아왔다

불가능한 기적이었다

13_ 파묘(破墓)

1997년 5월 망월동 5.18 구 묘역
계엄군에게 학살당한 유골을 수습해
신 묘역으로 이장하는 날
동족을 겨눈 계엄군의 총칼에 쓰러진 뒤
청소차에 실려와 무더기로 매장된
참혹한 시신들을 다시 모시는 날
총탄에 맞아 두개골이 박살 난
검게 변해버린 뼈들 가운데
낡은 손목시계가 무덤에서 나왔다

17년 전 젖은 목소리로
"어머니, 조국이 저를 부릅니다"
부르짖으며 대문 박차고 뛰쳐나갔던
대동고등학교 3학년 전영진
아들의 그리운 음성
그날 금남로에 울려 퍼진 함성 속
뜨겁게 펄펄 살아 있다가
1980년 5월 22일 목요일
시침 분침과 함께 싸늘히

깊은 침묵 속 모조리 가라앉은 뒤
가는 세월마다 서리서리 맺힌 한
켜켜이 쌓여만 가던 모진 나날들
황토흙 아래 육탈된 뼈들이
마침내 햇볕 속에 드러난 날
둘러선 유족들은 오열했다

아들의 뼈와 손목시계
떨리는 손으로 어루만지는
어머니의 흐느끼는 잔등 위로
한꺼번에 몰아쳐 온 기나긴 시간
파도처럼 물결치고 있었다

14_ 유혈의 거리

공수부대의 잔학상은 점점 더 심해졌다
시위대가 가게 안으로 도망가면
주인이 셔터를 내리고 숨겨주었지만
공수부대는 끝까지 쫓아왔다 셔터문을 군홧발로
　차서
강제로 문을 열고는 시위대를 찾아내 곤봉으로 쳤다
축 처져서 피가 철철 흘러도 아랑곳하지 않고
어물전 상자 끌듯이 끌고 가 트럭에 던졌다
길거리를 지나가는 사람만 보면 무조건 잡아 족쳤다
진압봉으로 구타하고 대검으로 난자해
곤죽으로 만드는 건 예사였다
대낮에 술냄새를 풍기며 불콰한 얼굴로
총검을 휘두르는 공수부대원들은 야차였다
가슴 한쪽이 대검에 잘려 나간
여고생의 시체가 안치된 병원에는 적막만 흘렀다
시내에서 쫓기던 학생을
택시 기사가 차에 태우자
공수부대가 택시를 급히 세웠다
반말과 상스런 욕설 내뱉으며 차 유리창

박살 낸 뒤 기사와 학생을 두들겨팼다
학생과 기사가 땅바닥에 늘어지자
계엄군들은 각각 머리와 양쪽 발을 잡고
군용 트럭에 쓰레기 버리듯 던져 넣었다
생지옥이었다

15_ 항전

계엄군들의 만행이 도를 넘어설수록
시민들은 흩어졌다가도 다시 모였다
대검에 난자당해 죽은 사람을 보면서도
총탄에 얼굴 한쪽이 날아간 시체를 보면서도
화염방사기에 몸 절반이 시커멓게 타버린
얼마 전까지 함께 구호를 외치던
동료의 주검을 보면서도 오히려 물러서지 않았다
시민들은 청년 학생들과 더불어 어깨를 걸고
거리에서 골목에서 치열한 사투를 벌여 나갔다

공중에서는 헬기가 날아다니며 선무방송을 했다
"불순분자와 폭도들은 즉시 투항하라!"
금남로의 건물과 건물 사이에서 공수부대와 대치하던
시위대들은 헬기를 향해 삿대질하며 고함을 질렀다
"공수부대에게 맞아 죽는 우리가 폭도냐?"
"계엄군은 물러가라!"
"죄 없는 광주 시민들을 그만 죽이고 전두환은 물
  러가라!"

공수부대의 야만적인 학살에 치를 떨던 시위대는
공영터미널로 충장로 파출소로 사직공원으로 몰려
　다니며
숫자가 불어나면 다시 금남로로 향하면서 구호를
　외쳤다
비록 이 거리에서 목숨을 잃을지언정
아버지와 어머니를 죽인 저들을
형제와 자매를 처참히 죽인 저들을
결코 용서하지 않으리라
죽어도 싸우다가 죽으리라

대학생들은 들불야학을 중심으로 투사회보를 만들
　었다
고등학생들도 가리방을 밀어 소식지를 만들어 뿌
　렸다
광주에 진주한 공수부대의 끔찍한 학살극에 분개한
전남고등학교와 대동고등학교와 중앙여고 학생들이
스크럼을 짜고 교문 밖으로 진출해 시위대에 합류했다
이제 광주에서의 시위는 남녀노소 구분할 것 없이
모든 시민들이 자발적으로 참여하는 커다란 마당
생사의 갈림길에서 누구나 뛰어들 수밖에 없는
대동세상 전민(全民)항쟁으로 바뀌었다

16_ 차량 시위

우리 고장은 우리가 지킨다
우리 형제는 우리가 지킨다
목숨은 하나지만 의롭게 죽겠다

죽음을 불사하겠다는 각오로
택시 기사와 버스 기사들
헤드라이트 불빛 앞세워 차량 시위에 나섰다
전 재산이나 다름없는 차량을 이끌고
앞으로 나아가는 장엄한 행렬들
시민들의 출근길을 돕던 선량한 그들에게
학생들의 통학길에 발이 되어주던 그들에게
계엄군들은 총탄 세례를 퍼부었다

도청 앞으로 돌진했다가 끝내 부서진 버스들
저지선을 뚫다가 공수부대의 총탄에 맞아
벌집이 된 택시들 온통 불길에 휩싸여
검은 연기 하늘 높이 내뿜고 있었다
아시아 최초의 대규모 차량 시위대로
불의와 맞서 싸우다가 불귀의 객이 된

거룩한 영혼들

광주 시민은 광주천은 무등산은
몸서리치는 그 기억
뼛속까지 새기고 새겼다

17_ 오열하는 무등산

이대로 있으면 죽을 것만 같아서
총칼 든 공수부대의 미친 살육 작전에
광주 시민들 모두가 몰살당할 것만 같아서
계엄군에게 짓밟히는 대학생들이 자식 같아서
조리돌림당하는 청년들이 아끼는 동생 같아서
시민들은 보다 못해 분연히 무기를 들었다

맨손으로 길거리에 나왔던 시민들을
무차별 구타하고 대검으로 찌르고
심지어는 도청 앞에서 애국가 소리에 맞춰
시민들을 향해 집단 발포까지 하는 마당에
어느 누가 양민을 도륙하는 국가폭력 앞에서
그저 앉아서 당하고만 있을 것인가

끔찍한 만행 막을 방도를 찾고자
광주에서 서울로 간 윤공희 대주교
명동성당에서 김수환 추기경과 만났다
"더 이상의 학살을 막기 위해 천주교가 나섭시다"
간곡한 호소에 깊이 공감한 추기경

보안사령관실로 찾아갔으나 전두환은
전화통만 붙잡고 있다가 쫓아내다시피 했다

그 사이 광주에 3공수 여단 5개 대대가 증파되어
충정작전이란 작전명의 학살극이 본격화되었다
충장로 한복판에서 금남로 대로변에서
시내 중심부와 광천동 변두리에서
야만적인 대량 학살극이 벌어지는 동안
수수 억겁의 세월 머리에 인 무등산
장대한 서석대 웅장한 너덜겅
지공너덜 덕산너덜 들썩일 만큼
참았던 깊은 울음 토해내었다

18_ 해방 광주

해방 광주의 아침이 밝았다
격렬한 항전의 밤이 지난 뒤
계엄군이 일시 물러간 거리는
깨어진 가드레일
넘어진 가로수들
투석전 때 사용한 보도블록 조각들
어지럽게 도로 여기저기에 흩어져 있었다

바리케이드 삼은 폐타이어에서
검은 연기 치솟아 오르는 가운데
시민들은 너도나도 팔 걷어붙여
빗자루와 걸레 들고
물을 뿌리고 차량 잔해도 치우고
피비린내 진동하는 거리를 쓸고 닦았다

비가 조용조용 내리는 오후
말 없는 긴 줄이 이어졌다
상무관에 안치된
태극기에 덮인 수많은 관들 앞에

한 송이 국화꽃을 바치기 위해
검은 리본 가슴에 단 사람들
엄숙하고 처연한 얼굴로 서서
내리는 비를 온몸으로 맞고 있었다

19_ 폭풍 전야

계엄군이 사라진 광주에는 평화가 찾아왔다
시민군들이 자발적으로 조직과 무기를 점검하고
각 지역별로 병력을 배치하며 재정비에 나섰다
시민군들이 탄 차량이 오면 박수로 맞아주었다
서둘러 김밥을 싸서 물과 함께 건네주거나
빵이나 떡 혹은 피로 회복제를 박스째로 주었다
이웃이자 형제이자 동지였기에 더 주고자 했다

윤상원과 정상용이 도청 수습대책위원회에 들어가
동지들과 더불어 항쟁 지도부를 꾸릴 즈음
서울에서는 전두환이 측근들과 비상회의를 열었다

"불순분자와 무장폭도가 광주를 장악했으니
시가전을 통해서라도 광주를 탈환해야 한다"

엄포를 놓은 뒤 글라이스틴 미 대사를 만났고
광주 무력 진압에 대한 미국의 동의를 얻었다
한국에 독재정권이 들어선다 해도 관심 밖
자국의 이익이 훼손되지 않는다면 만사형통

미국은 원래 그런 나라 팍스 아메리카나

교활과 음흉이 이종 교배하는 뒷거래의 밤
정권 찬탈을 위해서 악마에게 영혼을 팔았던
흉흉한 밤
전두환은 군 수뇌부와 비밀 작전을 짰다
작전명은 '상무충정작전'
작전 개시일은 5월 27일 0시 1분 이후
그는 즉시
광주 소탕작전의 지시를 내렸다

20_ 행진

26일 새벽
광주시 경계에서 탱크가 진격해 왔다
도청에 있던 시민군 내부에 비상이 걸렸다
외곽 세 군데에서 시내를 향해 밀려오는
탱크를 앞세운 계엄군 병력 이동 소식
무전기가 다급하게 울려 급보를 전했다
박남선 상황실장은 기동순찰대원들과 더불어
농성동 한국전력 앞으로 가서 대치했다
이때 도청에 있던 17명의 수습위원들도
급히 회의를 열었다

"우리가 맨몸으로 탱크에 맞서서 죽읍시다"

김성용 신부의 말에 모두들 결연히 동의했다
도청에서부터 죽음을 각오한 행진이 시작됐다
연도에 늘어선 시민들도 삼삼오오 가세했다
홍남순 변호사 김성용 신부 등으로 이루어진
열한 명의 수습위원들은 상무대 전교사에서
전교사 부사령관 김기석 소장과 만났다

준장 두 명과 중령 한 명이 배석한 자리였다
김 소장은 무기부터 반납하라고 요구하며
협상은 30분 내로 끝내자고 잘라 말했다
김성용 신부는 김 소장에게 언성을 높였다

"광주 시민들에게 엄청난 일을 저질러 놓고
30분 내에 무슨 대화가 가능하겠는가?
광주 시민들이 왜 폭도인가? 폭도라 부르지 말라
광주 시내에 결코 군인들이 들어오면 안 된다"

간곡하고 준엄한 어조로 조목조목 따졌지만
요구 조건은 무시되었고 협상은 결렬되었다
광주 소탕작전이 임박했음을 직감한 자리
상무대에서 나온 수습위원들은 서둘러 서울로 가서
최규하 대통령을 만나 광주의 실상을 알리자고 했다
광주가 더 이상 피를 흘리지 않도록 호소하자고 했다
홍남순 변호사와 김성용 신부가 진실 알리기에 나
    섰다
홍 변호사는 극락강 검문소에서 계엄군에게 제지
    당했고
김 신부는 윤공희 대주교에게 보고한 뒤 기자와 동
    행해

몇 차례의 검문을 통과한 뒤 무사히 광주를 벗어났다
상경하자마자 김수환 추기경께 상황 보고를 했으나
끝내 광주에 대한 소탕작전을 막지 못했다

21_ 새벽의 메아리

시 외곽에서 계엄군의 총칼이 번득이는 동안
투항파가 빠져나간 도청에는 항쟁파들만 남았다
결전의 순간을 앞둔 초저녁 무렵 전화통이 울렸다
자정까지 도청을 비우고 나가라는 보안대의 전화
　였다
기동타격대장 윤석루는 만약 공수부대가 쳐들어오면
도청 안의 폭약을 터뜨려 버리겠다고 엄포를 놓았다
외신 기자회견을 마치고 온 윤상원은
"자유와 민주를 위해 싸우다 숨진 열사들을 기리며
그 뜻이 헛되지 않도록 끝까지 싸웁시다"
동지들 앞에서 마지막 연설을 했다
시민군이 큰소리로 화답하는 동안에도
결전의 시간은 어김없이 다가오고 있었다
27일 새벽 4시 10분 전
도청 옥상의 스피커에서 소리가 들렸다
"시민 여러분, 지금 계엄군이 쳐들어오고 있습니다"
울음 섞인 박영순의 다급한 음성이 메아리쳤다
그녀의 방송 내용은 잠들지 못한 광주 시민들의
고막을 파고들었다 사람들은 당장 대문을 박차고

뛰어나가고 싶었다 한달음에 바람처럼 달려가
도청을 사수하는 시민군들 곁에 서고 싶었다
하지만 두려움이 몸을 얼어붙게 만들었다
모두들 자신들의 가냘픈 양심을 자책하며
속절없이 몸부림칠 때 도청 뒤쪽에서 총소리가 났다
그와 동시에 공수부대가 담을 넘어 들이닥쳤다
그들은 M16 총을 갈겨대며 청소하듯 쓸고 들어왔다
윤상원은 민원실 2층 강당에서 구름다리 쪽으로 달
　려가
창틀 쪽에 총신을 올려놓고 경계를 서고 있다가
공수부대의 총을 맞고 쓰러졌다 그 시각
도청 정문으로 탱크와 장갑차와 계엄군들이
새까맣게 몰려오기 시작했다
새벽 5시 15분
다수의 사상자를 내고 수많은 시민군들을 생포한
계엄군들이 승리의 환호성을 미친 듯이 내질렀다
피비린내 속에 상무충정작전이 종결되었다

22_ 더러운 유전자

국가폭력의 역사는 길고도 길다
12.12와 5.17 쿠데타로 정권을 탈취한 뒤
5월 광주 대학살극을 벌인
신군부의 용서받지 못할 만행
시간의 흔적을 거슬러 올라가다 보면
깊이 패인 국가폭력의 복마전이 보인다
기울어가던 조선의 썩어빠진 왕족과 관원들
백성들의 고혈을 빨아먹는 기생충 같은 양반들
탐관오리의 토색질 황구첨정 같은 가렴주구 따위
제도를 개선하고 악질 관리를 징벌하기는커녕
왕권 수호와 권세가의 기득권 옹호에만 혈안이 되어
청나라를 끌어들이고 교활한 일본 군대를 끌어들인
참으로 기막히고 억장 무너지는 작태들을 보게 된다
타락한 관리들에 대항하여 일어선 순박한 농민들을
척양척왜 외치며 거세게 일어났던 동학농민전쟁의
　　주역들을
외국 군대에게 무참하게 학살당하도록 내몰아간
　　그들은
제 배만 채우면 그만인 인면수심의 이리 떼들이었다

국가폭력의 원흉들은 세대를 건너뛰어 질기게도
　이어져
미군정 시절 저질렀던 치 떨리는 노근리 양민 학살
4.3 제주도민 학살과 10.19 여순 양민 학살
한국전쟁 전후 자행된 보도연맹의 끔찍한 학살
이승만 독재에 항거해 일어난 4.19 학생의거에 대
　한 총질
박정희 유신독재에 저항한 민주시민들에 대한 탄압
권력의 총구에서 비롯된 잔인한 학살은 근절되지
　않고
1980년 5월 광주에서 노골적으로 재현되었으니
저 패역한, 더러운 독재의 유전자
민족을 배반하며 민주주의를 짓밟고 훼손한 저들의
잔학함을 끊어낼 이유를
5월 광주에서 반드시 찾아야만 하지 않겠는가

23_ 무진악(武珍岳) 땅울림

항쟁 이후 빛고을 사람들은
금강석보다 단단한 사랑을 갖게 되었다
그날 이후 새롭게 태어난 사람답게
찢기고 상처 입은 이름 하나씩 불러주며
광주천 흐르는 물줄기 위로
다가와 가만히 감싸 안는 무등산 바라보며
다짐하고 또 다짐했다

우리 이제 더 이상 눈물 흘리지 말자
우리 이제 더 이상 비통에 잠기지 말자
죽음을 뚫고 일어선 자들아
진흙탕 속에서 꽃을 피운 자들아
우리 이제 고귀한 신생의 의지를 뻗어 올리자
창졸간에 피붙이를 이웃사촌을 깨복쟁이 동무들을
한꺼번에 한꺼번에 잃은 자들아
막아서는 것들 제아무리 크고 견고할지라도
두려워하지 말자 깨어지고 부서지면서도
그것들과 맞서 온 사람들아
피 흘리며 쓰러지면서도

한 발 한 발 걸어온 발자국 헤아리며
목놓아 부르던 노래 멈추지 말자
어깨 걸고 나아가야 하는 모둠살이 힘 실어
기어코 이 세상 어둠 한 뼘씩 물러나게 하자

칠흑 같은 밤에도 별은 뜬다
동토의 칼바람을 뚫고 불어오는 한 줄기
여리디여린 봄기운 속에 노래의 불씨를 살리자
무진악(武珍岳) 천왕봉이 들려주는 천둥 같은 소리
땅울림으로 우렁우렁 전해지는 그 소리 기억하며
우리 이제 낮이나 밤이나 억만 발걸음 멈추지 말자